옹고집, 똥고집!

옹고집, 똥고집!

연극으로 배우는 우리 고전

1판 1쇄 발행 2025년 1월 6일 **글쓴이** 장세현 **그린이** 정인성, 천복주 **제조국** 대한민국

펴낸곳 토끼섬 **펴낸이** 오성희 **기획편집** 한라경 **디자인** 이튼디자인 **마케팅** 성진숙, 박미나

주소 경기도 파주시 가람로 116번길 107, 821호 **등록** 제406-2021-000002호

전화 031-942-7001 **팩스** 0504-282-7790 **이메일** tokkiseom@naver.com **인스타그램** @tokkiseom_book

ISBN 979-11-990197-1-3 73810

ⓒ장세현, 정인성, 천복주

옹고집, 똥고집!

장세현 글 | 정인성·천복주 그림

차례

등장인물

어머니
옹고집의 어머니.

옹고집
마음이 고약하고
심술궂은 고집쟁이.

가짜 옹고집
허수아비로 만든 가짜.

며느리
옹고집의 며느리.

돌쇠
옹고집의 하인.

마누라
옹고집의 부인.

김 별감
이웃 사람.

백발도사
월출봉 취암사의 도사.

학대사
취암사의 스님.

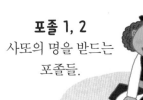

포졸 1, 2
사또의 명을 받드는
포졸들.

사또
고을 원님.

인형
사람이 들어갈 수 있는 커다란 인형 탈.
장면마다 등장해 연극을 재미있고,
매끄럽게 이끄는 역할.

1장

고약한 심보

일하지 않는 자
먹지도 말라
오래살면 욕심만 많아진다
네것은 내것!
매가 답이다
남이 잘되면 배가 아프다
이것도 내것 저것도 내것
내가 최고다!
중 놈을 혼내주자

배경_ 옹고집의 집

등장인물_ 인형, 옹고집, 어머니

필요한 소품_ 물수건, 국그릇, 수저

무대가 열리면 인형 탈을 쓴 캐릭터가 등장한다.

그에 어울리는 의상도 함께 구비하면 더욱 좋다.

인형

친구들, 안녕?

캐릭터에 어울리는 몸짓이나 시늉을 하며 인형이 등장한다.

(가령 곰돌이라면 느릿느릿 귀여운 몸짓으로,

호랑이라면 으스대는 듯한 걸음걸이로, 토끼라면 깡충깡충 뛰며 등장한다.)

관객들

와아, 안녕! 안녕!

인형

(어린이 관객 사이에 환호성이 터지면 손을 흔들면서 다가가, 앞줄에 앉은 아이들 몇몇과는 하이파이브를 해 준 다음, 무대 중앙으로 돌아온다.) 만나서 반가워! 내가 누군 줄 알아?

관객들

호랑이!

인형

어흥! 난 호랑이야. 물지는 않을게. 걱정 마.

이 글에서는 편의상 호랑이 탈을 쓴 것으로 가정한다.

곰돌이일 경우에는 '그래, 난 귀여운 곰돌이 푸야.'

토끼일 경우에는 '그래, 난 깡충깡충 토끼야.' 등 상황에 맞는 대사를 할 수 있다.

인형

내가 여기 나온 이유는 말이야, 너희들에게 재미난 이야기를 들려주기 위해서야. 무슨 이야기인지 궁금하지?

관객들

(한목소리로) 궁금해!

인형

(손을 앞으로 쭉 내밀며) 궁금하면 오백 원! 하하… 농담이야. 오늘 들려줄 이야기는 옛날 이야기, 그중에서도 고집이 세고 성질이 고약한 옹고집에 관한 거야. 어떤 이야기인지 무대의 막을 올려 볼까!

인형이 손을 뒤로 뻗어 등장인물을

소개하는 듯한 시늉을 하면 옹고집과 어머니가 등장한다.

옹고집은 등장하면서 관객들을 향해 '메롱'을 하거나 손가락질을 하는 등

심술궂은 동작을 취해 호응을 유도한다.

옹고집과 어머니가 무대에 자리를 잡고 앉으면 인형이 배경 설명을 한다.

인형

옛날 옹진골 옹당촌에 한 사람이 살았는데 성은 옹씨요, 이름은 고집이었대. 성질이 어찌나 고약한지 하는 짓마다 사람들이 눈살을 찌푸렸지. 고집도 고래 힘줄같이 세서 아무도 당해 낼 자가 없었어. 심술이 사나워 놀부도 못 따라갈 정도였다는구나.

한 가지 신기한 것은 재산을 어찌 불렸는지 고래등 같은 기와집에는 돈이 억만금 쌓여 있고, 집안 구석구석 화려하게 꾸며 놓아 보는 사람마다 입이 쩍 벌어졌다고 해.

(목소리 톤을 바꾸어) 쳇, 그러면 뭘 하나. 제 부모에게는 세상 둘도 없는 지독한 구두쇠였거든. 늙은 어머니가 나이 팔십에 병들어 누웠는데도 닭 한 마리, 약 한 첩을 올리지 않고, 아침저녁으로 나물죽만 올렸다고 해. 어디 그뿐인가? 동지섣달 한겨울 추위에도 불을 때지 않아 냉방에서 오들오들 떨고 지내기 일쑤였대. 하루는 어머니가 설움에 겨워 울면서 이렇게 하소연했다는구나.

해설이 끝나면 인형은 퇴장한다.
무대 위에 늙은 할머니 분장을 한 어머니가
머리에 물수건을 얹고 누워 있다. 앞에는 국그릇과 수저가 놓여 있다.

어머니 아이고, 옹고집아! 내 너를 낳아 기를 적에 품에 안고 어르기를. '금자동아 은자동아, 금을 준들 너를 사랴, 은을 준들 너를 사랴!' 이렇게 보배같이 여기며 애지중지 길렀거늘 너는 어찌하여 그 은혜를 모르느냐? (흐느끼며 운다.) 흑흑흑….

옹고집 (고개를 외로 꼰 채 돌아앉으며) 그때는 그때고, 지금은 지금 아니오? 게다가 애지중지 기른 건 어머니가 좋아서 한 일이지, 누가 그리 길러 달라고 했소이까, 쳇!

어머니 에휴, 이 불효막심한 놈아! 어찌 말을 그리 막 하느냐? 네놈 하는 짓이 하도 괘씸하여 내 목숨도 다 못 채우고 일찍 죽겠구나!

옹고집 늙은이가 죽는 걸 뭐 그리 겁내시오? 천하를 호령하던 진시황이 아방궁을 지어 놓고 천 년을 살겠다고 벼르더니 백 년도 못 살고 죽었소. 또 능히 산을 뽑을 만한 힘을 가졌다고 자랑하던 초패왕 항우도 젊은 나이에 일찍 죽었소. 모친은 이미 나이 팔십이나 되었으니 더 오래 살아 무엇하겠소? 살 만큼 살았으면 죽어야 마땅한 일 아니오?

어머니
에휴, 말은 청산유수로구나. 그래서 나를 일찍 죽으라고 이리 홀대하는 것이냐? 옛날 효자는 얼음 속에서 잉어를 낚아 부모를 봉양하였다는데 그렇게는 못할망정 아침저녁으로 나물죽이 웬 말이냐?

옹고집
에헤~이, 모르시는 말씀! 고기는 몸에 해로워요. 혈압도 높아지고, 살이 쪄서 다이어트에도 안 좋아요. 나물이 좋아요, 나물이! 요즘 같은 보릿고개에는 나물죽도 못 먹는 사람이 얼마나 많은 줄 아시오? 다 어머니 건강 생각해서 드리는 거니까 잔말 말고 감지덕지 고맙게 받아 잡수시오! 몸에 안 좋은 고기는 내 혼자 다 먹으리다.

어머니
예끼, 이놈! 말이나 못하면 밉지나 않지… 몸에 안 좋은 고기일랑 혼자 먹지 말고 나도 좀 다오. 얼른 먹고 빨리 저세상으로 가고 싶구나. 제발 나도 좀 다오, 이놈아!

옹고집
안 돼요, 안 돼! 몸에 해로운 고기는 내가 먹을 테니, 몸에 좋은 나물죽은 모친이 드시구려! 그래야 천년만년 무병장수 만수무강 하시지, 암 그렇고말고… 허허허!

어머니

에구, 만수무강은 무슨 만수무강이냐? 너 때문에 홧병 나서 죽을 것 같구나.

옹고집

아이구, 시끄럽소. (배를 어루만지며 혼잣말하듯) 허어, 이거 고기 얘기를 했더니 고기 생각이 간절하군! (침을 꼴깍거린다.) 가만 있자… 뭘 먹을까? 불고기? 삼겹살? 떡갈비? 갈비찜? 돈까스? 에라, 모르겠다. 다 먹어 볼란다! 여봐라, 저녁 밥상에는 상다리가 휘어지도록 고기 반찬을 준비하여라!

옹고집이 무대 뒤로 퇴장한다.

어머니

(자리에서 몸을 일으켜 엉금엉금 옹고집 뒤를 따르며) 이놈아, 그 고기 나도 좀 먹자. 먹고 빨리 죽을란다. 거기 서라, 거기 서!

어머니도 무대 뒤로 퇴장한다.

16

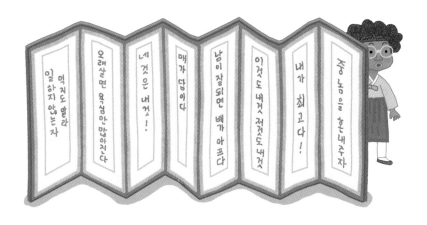

2장

옹고집의
행패

배경_ 옹고집의 집 마당

등장인물_ 인형, 옹고집, 학대사, 돌쇠

필요한 소품_ 막대 풍선, 테이프, 목탁

음향 효과_ 백발도사와 학대사의 대화

인형이 무대로 등장한다.

인형　쯧쯧쯧… (옹고집이 퇴장한 방향을 가리키며) 저런, 저런 몹쓸 인간 같으니라구.

인형이 무대 가운데 선다.

인형　(관객 쪽을 바라보며) 친구들, 잘 봤지? 옹고집이 아주 고약하지 않아?

관객들　응, 고약해! (다른 부정적인 대답이 나올 수도 있다.)

인형　자기 부모에게도 이처럼 오만불손했으니 남들에겐 어땠을까? 보나마나 더 지독하게 굴었을 테지. 어쩌다 스님이 시주를 하러 오면 다짜고짜 달려들어 기둥에 묶어 두고, (괴롭히는 시늉을 하며) 귀를 잡아 비틀고, 코를 쥐어짜고, 눈썹을 잡아 뽑고, 볼을 잡아당기고, 동냥 그릇을 깨뜨리고… 아무튼 온갖 행패를 부리며 못살게 굴기 일쑤였다고 해. 이 소문이 퍼져서 동냥중은 아예 옹가집 근처에 얼씬도 하지 않았지.

인형

(목소리를 낮추며) 그런데 말이야. 놀라운 일이 생겼어. 월출봉 취암사란 절에 이름 높은 백발도사가 있었단다. 도술이 워낙 뛰어나 귀신조차 당해 낼 수가 없었대. 앉아서 삼만 리, 서서 구만리를 보는 도사였지. 하루는 도술을 써서 세상을 내려다보다가 옹고집이 하는 꼴을 보게 되었어. (입말투로) 저, 저, 저런 못된 놈이 있나, 버릇을 좀 고쳐 줘야겠다, 생각하고 자신이 도술을 가르치고 있던 학대사를 불러 말했단다.

백발도사와 학대사는 아직 무대에 직접 등장하지 않고

목소리만 스피커를 통해 나온다.

백발도사
목소리

저 산 너머 옹진골 옹당촌에 가면 옹고집이란 놈이 있느니라. 이놈이 부처님을 모욕하고, 스님들에게 갖은 행패를 부리니 그놈을 혼내 주고 오너라!

학대사
목소리

예, 도사님!

인형 스승의 명을 받은 학대사가 절을 내려왔어. 헌 삿갓을 눌러 쓰고, 다 떨어진 옷을 입고, 목에는 낡은 염주를 걸친 채 옹가네 집으로 곧장 찾아갔지. 장차 어떤 일이 벌어지는지 이야기 속으로 들어가 볼까?

인형이 무대 뒤로 퇴장한다.

그와 동시에 허름한 차림의 학대사가 목탁을 두드리며 등장한다.

학대사 (여전히 목탁을 두드리며) 주인장 계시오? 주인장 계시오?

돌쇠가 종종걸음을 치며 무대로 달려 나온다.

돌쇠 아이고, 스님! 소문도 못 들었소? 우리 집 주인어른은 심보가 고약하기로 소문이 자자하오. 지금 낮잠을 자는 중인데 잠을 깨면 큰일이오. 동냥은 고사하고 큰 곤욕을 치를 터이니 어서 바삐 돌아가시오!

돌쇠가 연신 어서 가라는 손짓을 한다.

23

학대사

허어, 이런 고래등 같은 집에서 스님 대접을 그리할 리가 있겠소? 자고로 악을 많이 쌓으면 반드시 재앙이 미치고, 선행을 많이 쌓으면 반드시 복을 받는다고 했소이다. 난 월출봉 취암사의 스님이오. 법당이 너무 낡아 이를 고치기 위해 시주를 받으러 다니는 중이니, 황금 일천 냥만 적선하라고 주인장께 말해 주시오!

돌쇠

(자기 가슴을 치며) 아이고, 답답한 스님 같으니라구. 우리 주인은 황금 일천 냥은커녕 스님 주머니의 돈 한 푼도 빼앗을 양반이오. 봉변당하기 전에 어서 돌아가시오, 어서!

이때 무대 뒤에서 옹고집의 목소리가 들린다.

옹고집
목소리

밖이 왜 이리 소란하냐?

돌쇠가 무대 뒤쪽으로 달려가 아뢴다.

돌쇠

예, 문 밖에 스님이 와서 동냥을 달라 하옵니다.

옹고집

(날카로운 목소리로) 뭐, 동냥이라?

옹고집이 눈에 쌍심지를 켜고 등장한다.

학대사가 목탁을 두드리며 옹고집을 맞이한다.

학대사

관세음보살 나무아미타불 관세음보살 나무아미타불….

옹고집

(차림새를 위아래로 훑어보며) 쯧쯧, 거렁뱅이 꼬락서니 하고는… 웬 놈이 남의 단잠을 깨우는가 했더니 바로 너로구나!

학대사

(목탁을 멈추고) 네, 소승이 시주를 좀 받으려고 주인장을 찾았소이다.

옹고집

(버럭 화를 내며) 뭐라고? 이런 괘씸한 중놈을 봤나? 그래, 네놈에게 시주를 하면 부처님께서 어떤 보답을 준다더냐, 응? 나한테 뭘 줄지 썩 말해 보래도?

학대사 황금 일천 냥을 시주하면 소승이 절에 돌아가 불공을 드릴 때 그대의 소원을 대신 빌어 드리리다. 부처님께 어느 고을에 사는 아무개가 어떤 소원을 빈다고 하면 그대로 이루어 질 것이오.

학대사가 공손히 합장을 하자 옹고집이 콧방귀를 뀐다.

옹고집 흥! 가소롭기 짝이 없구나. 사람은 날 때부터 부유하고 가난하고, 귀하고 천한 것을 각자 타고나는 법이다. 네놈 말대로 부처님께 소원을 빌어 이루어진다면 세상에 가난하고 천하게 살 사람이 누가 있느냐? 부처님의 이름을 팔아 내 재산을 강탈하려는 도적놈의 심보로구나. 네놈의 속셈을 내가 다 알고 있으니, 헛소리 말고 썩 물러가거라!

학대사 하하하! (크게 너털웃음을 웃는다.)

옹고집 아니, 이놈이 실성을 했나? 왜 갑자기 웃는 게야?

학대사 내 그대를 처음 봤을 때 첫인상이 살쾡이를 닮았다고 생각

했는데, 역시나 살쾡이처럼 표독스럽고 악독합니다그려…
하하하!

뭐야? 그래, 이놈… 좋다! 보아하니 완전 땡중은 아닌 모양
이구나. 그럼 어디 내 관상이나 보아 다오. 잘 보면 시주는
못해도 우리 모친이 먹다 남긴 나물죽 한 사발은 내다 주마!

나물죽은 됐고… 관상은 보아 드리리다. 그럼 어디 한번 볼까?

옹고집의 얼굴을 이리저리 뜯어본다.
일부러 귀도 잡아당기고, 코도 비틀어 보고,
볼도 잡아당기며 짓궂은 행동을 한다.
옹고집이 '아야! 아야!' 하면서 인상을 찡그린다.

(이마를 툭 밀치며) 잘 봤소.

(얼굴을 감싸며) 아이구, 아야! 관상 두 번만 더 봤다간 얼굴을
다 쥐어뜯기겠군. 그래, 이놈아! 봤으면 뭐라고 말을 해야
할 거 아니냐?

27

학대사

흠… 그대의 상을 보니 눈썹이 길고 미간이 넓으니 재산은 넉넉하나 자손이 부족하오. 또 얼굴이 좁은 걸 보니 남의 말을 아니 듣겠고, 손발이 작은 걸 보니 제 명에 살지 못할 듯하고, 늘그막에 고질병을 얻어 고생하다가 죽을 팔자요!

옹고집

(발끈 성을 내며) 뭐야, 이놈이 보자 보자 하니까 아주 악담만 늘어놓는구나! (주위를 돌아보며) 돌쇠야, 어디 있느냐? 저 땡중 놈을 당장 기둥에 묶어라!

돌쇠가 곁에서 쭈뼛쭈뼛 거린다.

옹고집

이놈아, 묶으라는데 뭐 하고 있는 거야? 내 말 안 들려?

돌쇠가 마지못한 듯 달려들어 얇은 비닐 테이프로 학대사를 묶는다.
돌쇠가 울상을 지으면서 말을 건넨다.

돌쇠

아이구… 스님, 거 보시오. 내가 뭐라 했소? 봉변당하기 전에 빨리 가라 하지 않았소. 주인마님의 명령이라 어쩔 수 없으니 저를 용서해 주시오, 스님!

허허, 난 괜찮으니 꼭꼭 묶으시오!

돌쇠가 끈을 다 묶으면 옹고집이 호령한다.

저런 땡중에게는 몽둥이가 약이니 흠씬 두들겨 줘라. 매운맛을 봐야 정신을 차리지, 암!

돌쇠가 막대 풍선을 들고 학대사를 때리는 시늉을 한다.

막대 풍선을 맞은 학대사가 껄껄 웃는다.

아이고, 간지러워라. 좀 세게 때리시오. 간지럽소, 간지러!

(돌쇠의 막대 풍선을 가로채며) 이리 내. 이놈, 맛 좀 봐라. (사정없이 매질을 한다.) 이래도 간지럽냐?

하하하… 수리수리 마수리 수수리 사바하!

학대사가 엄숙한 표정으로 주문을 외운다.

그 순간 옹고집이 두들기던 막대 풍선이 '펑!' 하고 터진다.

학대사가 힘을 불끈 주어 몸에 두른 비닐 테이프도 끊어 버린다.

옹고집이 크게 당황한다.

학대사

하하하… 이까짓 걸로 나를 속박할 수 있을 것 같으냐? 죄는 지은대로 가고, 공은 쌓은대로 가는 법. 옹고집아, 하늘에서 천벌을 내릴 터이니 기대하거라. 나는 그만 돌아가겠다!

학대사가 무대 뒤로 퇴장한다.

옹고집

이놈아, 어딜 도망가느냐? 거기 서라, 거기 서!

옹고집과 돌쇠가 학대사를 따라 퇴장한다.

3장

허수아비
사람

배경_ 취암사

등장인물_ 백발도사, 학대사, 가짜 옹고집

필요한 소품_ 비닐 옷(우비), '가짜'라고 쓴 종이

음향 효과_ '펑' 하는 소리, 변신하는 소리 등

무대 위에 백발도사가 앉아 있다.

한 손을 이마에 얹고 멀리 내다보는 시늉을 하며 독백한다.

 흠, 학대사가 곧 돌아오겠구나!

학대사가 무대 위로 등장한다.

(세발자전거나 바퀴 달린 말을 타고 등장해도 재미있다.)

 도사님, 도사님!

 오냐, 올 줄 알고 기다리고 있었다. 옹고집은 만났느냐?

 물론입죠!

 그래, 만나 본 소감이 어떠하냐?

 아이고, 말도 마십쇼. 세상에 옹가 놈처럼 악랄한 인간은 처음입니다. 그놈한테 큰 봉변을 당했습죠.

백발도사 큰 봉변이라…? 소상히 말해 보거라.

학대사 그게 말입죠. 어떻게 된 일인고 하니, (리듬감을 살린 어조로 재미난 손동작과 함께) 이러쿵하니 저러쿵하고 저러쿵하니 이러쿵하고, 요러쿵하니 조러쿵하고 조러쿵하니 요러쿵하고, 여차저차 저차여차해서 그 옹가 놈은 천벌을 받아야 마땅 합니다.

백발도사 (학대사의 말을 받아 똑같은 어조로 리듬감을 살려서) 그러니까 네 말은… 이러쿵하니 저러쿵하고 저러쿵하니 이러쿵하고, 요러쿵하니 조러쿵하고 조러쿵하니 요러쿵하고, 여차저차 저차여차해서 그 옹가 놈이 천벌을 받아야 마땅하다, 그 얘기로구나?

학대사 제 생각엔 스승님의 높은 도술로써 염라대왕께 연락하여 옹고집을 잡아다가 지옥불에 떨어뜨리는 것이 좋을 것 같습 니다.

백발도사 그건 안 된다.

그럼 거대한 독수리가 되어 하늘 높이 떠 있다가, 순식간에 옹가 놈을 두발로 덥썩 낚아채, 날카로운 부리로 대가리를 콕콕 쪼아 대는 건 어떨런지요?

아서라. 그것도 안 된다.

그러하오면 사나운 호랑이가 되어 한밤중에 담장을 넘어가서 옹가 놈을 물어다가 첩첩산중 맹수의 밥이 되게 하심이 어떨런지요?

그 또한 아니 된다.

에구, 스승님. 이것도 안 된다, 저것도 안 된다… 그럼, 옹고집을 그대로 두잔 말입니까?

아니다. 내 이럴 줄 알고, 옹가 놈을 혼내 주기 위해 미리 준비해 놓은 게 있느니라. (무대 한 편을 손가락으로 가리키며) 저기 돌아가면 있으니 가져와 보거라!

학대사가 무대 한 편으로 돌아 들어가 소리친다.

도사님, 여기 허수아비 하나가 있는데 이것 말씀입니까?

학대사

오냐, 그게 맞다.

백발도사

학대사가 사람 크기 정도의 커다란 허수아비를 낑낑대며 들고 나온다.

본래 원작에서는 짚으로 만든 허수아비 인형이지만

여기서는 무대 상황에 맞게 우비 같은 비닐 옷이나

캐릭터 인형 의상을 입은 사람이 허수아비 역할을 한다.

다만, 진짜 허수아비처럼 움직임이 전혀 없는 뻣뻣한 모습이어야 한다.

(허수아비를 무대 가운데 놓으며) 어휴, 무거워라. 아니, 이깟

학대사
허수아비로 어떻게 옹가 놈을 혼내 준단 말입니까?

하하, 걱정마라. 이제 곧 알게 될 테니까!

백발도사

백발도사가 허수아비 쪽으로 다가간다.

백발도사 수리수리 마수리 수수리 사바하… 아수라 발발타! (주문을 외우며) 허수아비야, 옹고집으로 변해라, 이얍!

주문과 함께 허수아비 쪽을 향해 부적을 짝 펼친다.

이때 부적은 두루마리 족자 형태로 아주 커다랗게 만들어 허수아비를

다 가릴 수 있어야 한다. (그래야 관객들의 시선을 가릴 수 있다.)

부적 뒤에서 허수아비는 재빨리 비닐옷 혹은 캐릭터 인형 의상을 벗고

가짜 옹고집으로 탈바꿈한다. 변신하는 동안 음향 팀에서 음악을 틀어 준다.

그런 다음 부적을 걷어 내면서 '짠!' 하고 가짜 옹고집이 관객 앞에 선을 보인다.

진짜와 구별하기 위해 등 뒤에 '가짜'라고 쓴 종이를 붙여 둔다.

 학대사 (눈이 휘둥그레져서 가짜 옹고집을 이리저리 살펴보며) 이야, 정말 신기하네. 역시 스승님의 도술은 아무도 따라갈 사람이 없네요.

 가짜 옹고집 (관객 앞으로 다가가) 자, 이제부터 나도 옹고집이야. (백발도사를 향해) 도사님, 제가 뭘 하면 될까요?

허허, 네가 금방 '나도 옹고집!'이라고 하지 않았느냐? 옹고
집이면 그 집에 가서 주인 행세를 하며 살아야지. 가서 혼쭐
을 내 주거라!

백발도사

(머리를 조아리며) 예, 알겠습니다!

가짜
옹고집

가짜 옹고집이 '이리 오너라! 이리 오너라!'

외치면서 퇴장한다.

(관객들을 향해) 재미있겠죠? 우리도 같이 따라가 볼까요?

학대사

학대사와 백발박도사가 뒤따라 퇴장한다.

배경_ 옹고집의 집

등장인물_ 옹고집, 가짜 옹고집, 돌쇠, 마누라, 김 별감, 며느리

필요한 소품_ 빗자루, 사인펜, 흰색 실, 양면테이프

무대 위로 가짜 옹고집이 '이리 오너라,

이리 오너라!' 하면서 등장한다.

이곳저곳 무대를 살펴보는 시늉을 하다

눈살을 찌푸리며 호령한다.

가짜
옹고집

돌쇠야, 이놈! 집안이 왜 이리 지저분하냐? 마당도 쓸고, 방도 치우고, 외양간의 소 여물도 줘야 할 거 아니냐?

돌쇠

(무대로 달려나오며) 예, 예, 주인어른. 안 그래도 지금 막 하려고 했습니다요.

가짜
옹고집

이놈, 핑계가 좋구나. 그렇게 게을러서야 어찌 밥값을 하겠느냐? 오늘부턴 너 먹는 밥을 반으로 줄여야겠다!

돌쇠

아이고, 옹가 어른. (사정하듯 두 손을 모으고) 앞으로 더 부지런히 일하겠으니 분부를 거두어 주십시오.

가짜
옹고집

어림없다, 이놈아! 밥이 어디서 공짜로 나온다더냐?

돌쇠
(들고 있던 빗자루로 바닥 쓰는 시늉을 하며) 어르신, 보십시오. 지금 이렇게 막 쓸고 있지 않습니까?

가짜
옹고집
됐다, 이놈아!

무대가 소란스러운 와중에 진짜 옹고집이 등장한다.

옹고집
돌쇠야, 돌쇠야! 이리 오너라!

돌쇠
아이구, 예… 예. 갑니다!

돌쇠가 달려가다 옹고집과 마주치자 입을 쩍 벌리며 놀란다.

옹고집
이놈아, 뭔 일로 집 안이 이리 시끄러운 것이냐?

돌쇠
아니, 이런… 세상에! (둘을 번갈아보며 당황해한다.)

가짜
옹고집
(옹고집 앞에 떡하니 버티고 서서) 여보시오. 댁은 뉘신데 남의 집 하인에게 마구 호령하는 게요?

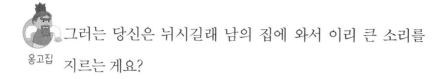 그러는 당신은 뉘시길래 남의 집에 와서 이리 큰 소리를

옹고집   지르는 게요?

 내가 먼저 물었소. 난 이 집 주인 옹고집이오.

가짜 옹고집

 뭐, 주인 옹고집이라고? 가만있자… 이놈 봐라?

옹고집

옹고집이 가짜 옹고집의 생김새와 차림새를 유심히 살펴본다.

자신과 너무도 똑같은 모습에 놀라 눈이 휘둥그레진다.

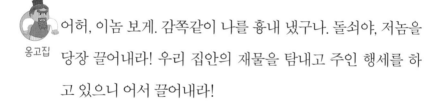 어허, 이놈 보게. 감쪽같이 나를 흉내 냈구나. 돌쇠야, 저놈을

옹고집   당장 끌어내라! 우리 집안의 재물을 탐내고 주인 행세를 하

고 있으니 어서 끌어내라!

 뭐라고? 이놈아, 네가 어디서 굴러들어 온 말 뼈다귀인지

가짜   몰라도 어찌 그런 얼토당토 않은 말로 나를 모함하느냐?
옹고집
여봐라, 돌쇠야! 꾸물대지 말고 저놈을 잡아서 기둥에 묶고

혼쭐을 내거라!

돌쇠

(난처한 얼굴로) 아이고, 귀신이 곡할 노릇이군. 누가 누군지 정말 모르겠네. 이럴 땐 누구 말을 따라야 하는지, 원! (두 손으로 머리를 부여잡는다.)

옹고집

이놈아, 주인도 못 알아보느냐? 고민 말고 내 말만 따르면 된다.

가짜
옹고집

이 가짜 놈이 내 말을 앞질러 하네. (돌쇠를 향해) 주인은 나니까 내 말을 따르면 된다.

돌쇠

아이고, 헷갈려! 가만… (잠시 생각하다가) 오호라, 좋은 수가 있습니다!

옹고집

좋은 수라니…?

돌쇠

얼마 전 군불을 때다가 불똥이 튀어 주인어른의 도포 안자락에 구멍이 생겼습죠. 그걸 확인하면 진짜가 누군지 알 수 있지 않겠습니까?

옹고집 그래, 옳거니! (도포 안자락을 펼쳐 보이며) 자, 여기를 봐라. 불구멍이 있지 않으냐?

돌쇠 맞네요, 맞어! 주인어른이 맞네요!

가짜 옹고집 예끼, 이 멍청한 놈 같으니라고. 그까짓 불구멍으로 주인을 가려낸단 말이냐? 그런 구멍이라면 나도 있다.

가짜 옹고집이 도포 안자락을 펼쳐 보인다.

거기에도 불구멍이 있다.

돌쇠 (불구멍을 보고 당황하며) 엥? 세상에 참 별일이네. 에구, 이제 난 모르겠으니 두 사람이 알아서 하시오!

옹고집 어허, 저 가짜가 사람 잡네. 내가 진짜 옹고집이다, 이놈아!

가짜 옹고집 이런 몹쓸 놈 같으니… 진짜 옹고집은 나다. 넌 가짜다!

진짜는 나다, 이놈아!

옹고집

 내가 진짜다, 이놈아!

가짜
옹고집

무대에서 두 옹고집이 서로 삿대질을 하며

진짜다, 가짜다 옥신각신 한바탕 실랑이를 벌인다.

그 순간 옹고집의 마누라가 등장한다.

 아니, 왜 이리 집 안이 소란스럽소?

마누라

 (반색을 하며) 여보, 마누라! 마침 잘 왔소. 이 가짜 놈이 주인

옹고집   행세를 하는구려.

 (버럭 화를 내며) 예끼! 남의 마누라한테 뭐라는 거야? (마누

가짜   라를 향해) 여보, 마누라! 나요, 나! 남편을 못 알아보겠소?
옹고집

 (두 옹고집을 번갈아 보고 놀라며) 에그머니나, 이게 무슨 일이

마누라   야?

돌쇠

마님도 놀라셨죠?

마누라

놀라다 뿐이겠느냐?

돌쇠

전 도저히 진짜와 가짜를 못 가려내겠으니 마님이 좀 가려
내 보시죠!

마누라

그래, 내가 가려보마. 남편에겐 남다른 특징이 있다. 오른쪽
배꼽 옆에 까만 점이 있으니 그걸 보면 알 것이다.

옹고집

아이구, 마누라! 내 신체적 특징을 잘 말했소. (옷을 걷어 점을
보인다.) 자, 여길 보시오!

마누라가 옹고집에게 다가가 점을 이리저리 살핀다.

그사이에 가짜 옹고집이 관객 쪽으로 다가가 한 사람에게

사인펜을 내밀고 빨리 점을 찍어 달라고 재촉한다.

이를 통해 웃음을 유발한다.

가짜 옹고집 (자기 자리로 얼른 돌아가 점을 내보이며) 마누라, 거기만 보지 말고 여기도 좀 보시오!

두 옹고집의 점을 확인한 마누라가 머리를 부여잡는다.

마누라 아이고, 이게 무슨 변고란 말인가! 남편에게 쌍둥이가 있다는 말은 못 들었는데 똑같네, 똑같아!

돌쇠 어허… 그럼 이제 어쩝니까, 마님?

마누라 안 되겠다, 우리 똑똑한 며느리를 좀 불러야겠구나! (무대 뒤쪽을 향해) 며늘아가, 며늘아가!

며느리가 종종걸음으로 등장한다.

며느리 네, 어머님. 부르셨습니까?

대답을 하며 나오다가 두 옹고집을 보고
깜짝 놀라 입을 쩍 벌린다.

마누라

보았느냐?

며느리

네… ! 이게 어찌 된 일입니까?

마누라

나도 모르겠다. 예로부터 아내는 죽을 때까지 남편을 잘 따르고 섬겨야 한다고 했는데, 이제 남편이 둘이나 생겼으니 도대체 누구를 섬기고 따라야 한단 말인가… 흑흑흑!

며느리

어머님, 그만 진정하세요. 제가 진짜 시아버님을 한번 가려내 보겠습니다.

가짜
옹고집

오냐, 오냐, 며늘아가! 너 말 한번 잘 했다. 네 밝은 눈으로 진짜와 가짜를 가려내 다오.

옹고집

애고, 저놈 보소. 내가 할 말을 자기가 하고 있네. 내 얼굴을 자세히 보거라. 네 시아버지는 바로 나다, 나야!

며느리

두 분, 잘 들으세요. 우리 아버님은 머리 가운데 상처의 흔
적이 있고, 거기에 흰 머리털이 났습니다. 그것을 보여 주시
지요.

옹고집

(기쁜 얼굴로) 옳다구나, 역시 넌 내 며느리야! (머리를 풀어헤
치며) 자, 여기 흰 머리털을 보거라!

며느리가 머리털을 확인하기 위해 옹고집에게 다가간다.

그 순간 가짜 옹고집이 손을 번쩍 들고 '얼음 땡!' 놀이에 들어간다.

가짜
옹고집

잠깐… 모두 얼음!

무대 위의 배우들이 일시에 얼음 상태가 되어 모든 움직임을 멈춘다.

가짜가 옹고집에게 다가가 흰 머리털(흰색 실) 한 올을 뽑는다.

그걸 들고 관객 쪽으로 가서 자기 머리에 붙여 달라고 청한다.

흰 머리털(흰색 실) 끝에는 양면 테이프를 감아 잘 붙도록 한다.

흰 머리털을 붙인 다음, 무대 위로 돌아가 며느리에게 '땡!'을 외치고

얼음 상태를 푼다. 정지 상태에 있던 배우들이 다시 움직인다.

며느리 (옹고집의 머리털을 살피며) 어디 보자. 머리에 상처 자국이 있는 건 분명하지만 흰 머리털이 없으니⋯ (머리를 절래절래 흔들며) 조금 의심스럽사옵니다.

가짜 옹고집 얘, 며늘아가! (머리를 내밀며) 그 가짜 놈만 보지 말고 나도 좀 봐 다오.

며느리 (머리를 살피며 방금 붙인 흰 머리털을 뽑아 들고) 어이쿠야, 드디어 찾았네, 찾았어! 상처 자국에 흰 털이 있는 걸 보니 우리 시아버님이 틀림없습니다.

옹고집 (자기 가슴을 탁탁 치며) 아이고, 기막혀라! 가짜 옹고집을 아버님이라 하고, 진짜인 나를 몰라보는구나. 이 서럽고 답답한 마음을 누구에게 하소연할꼬. 아이고, 내 신세야!

옹고집이 울며불며 신세 한탄을 하고 있을 때
김 별감이 등장한다.

주인장 안에 있는가?

김 별감

 (반색을 하며) 이게 누구야. 김 별감 아닌가? 한동안 발길이

옹고집 뜸하더니 어쩐 일인가?

 집 앞을 지나다가 집 안이 하도 시끌시끌해서 들어와 봤네.

김 별감

 아이고, 마침 잘 왔네. 우리 집에 큰 변고가 생겼다네. (가짜

옹고집 옹고집을 가리키며) 저길 한번 보게. 저놈이 내 재산을 빼앗

으려고 나와 똑같은 차림새를 하고 주인 흉내를 내고 있다

네. 자네는 나를 알아볼 테니, 저 가짜 놈을 쫓아내 주게.

 저놈이 여기 진짜인 나를 두고 천연덕스럽게 거짓말을 하네.

가짜
옹고집 네놈이 가짜인 게 밝혀지는 날에는 경을 칠 테니 각오해라!

 (양쪽을 번갈아 보며) 허허, 아무리 봐도 누가 진짜인지 모르

김 별감 겠군. 이럴 게 아니라… 좋은 수가 있네.

 좋은 수라니?

옹고집

56

김별감

새로 온 고을 사또가 지혜롭고 현명하다는 소문이네. 사또께 판결을 받아 보는 게 어떤가?

옹고집

거 좋네. 관가로 가세!

가짜
옹고집

나도 좋네, 좋아! 어서 관가로 가세!

두 옹고집이 퇴장을 하고, 나머지 배우들도 뒤를 따른다.

5장

누가
옹고집이냐?

배경_ 관가

등장인물_ 옹고집, 가짜 옹고집, 사또, 포졸1, 2, 마누라, 며느리,

　　　　　　김 별감, 돌쇠

필요한 소품_ 끈, 곤장(막대 풍선)

무대 가운데 놓인 의자에 고을 사또가 앉아 있다.

포졸 1과 포졸 2가 사또 앞으로 달려 나오면서 아뢴다.

포졸 1

사또 나리, 고을에 옹씨 성을 가진 자 둘이 와서 누가 진짜인지 가려내 달라고 하옵니다. 어찌할까요?

사또

흠… 들라 하라!

포졸 2

(무대 뒤쪽을 향해) 사또께서 들라 하신다!

두 옹고집이 등장하여 사또 앞에 서서 머리를 조아린다.

김 별감과 돌쇠, 마누라, 며느리도 뒤따라 나와 주위에 둘러선다.

포졸 1과 2는 사또의 양옆에 가 서서 명을 받들 준비를 한다.

옹고집

사또 나리, 저는 조상 대대로 옹당촌에 살고 있는 옹고집이라 하옵니다. 그런데 저놈이 느닷없이 저와 똑같은 차림을 하고 우리 집에 나타나 재산을 가로채려 하고 있으니, 이런 억울한 일이 어디 있겠습니까? 지혜로운 사또께서 저놈에게 엄한 벌을 내려 주시옵소서!

가짜 옹고집 제가 사또께 아뢸 말씀을 저놈이 먼저 했사오니 더 무엇을 아뢰겠습니까? 부디 나리께서 현명한 판단을 내려 진짜와 가짜를 가려내신다면 지금 죽어도 여한이 없겠나이다.

사또가 두 사람에게 다가가 얼굴과 차림새 등을
이리저리 살피는 시늉을 한다.

사또 세상에 어찌 이런 일이… 아무리 살펴도 똑같구나. (생각에 잠긴 듯 혼잣말을 한다.) 눈도 같고, 코도 같고, 귀도 같고, 옷차림도 같고… 뭐 하나 다른 게 없으니 어찌 분별한담!

사또가 골똘히 생각하면서 원래 있던 자리로 돌아온다.

사또 (무릎을 탁 치면서) 옳거니! 너희 둘이 생긴 것은 똑같이 닮았다마는 조상은 다를 것이니 조상에 대해 말해 보거라.

옹고집 제가 먼저 말씀드리겠습니다. 제 아비의 이름은 옹송이옵고, 할아버지는 만송이로소이다.

62

사또

그리고…?

옹고집

그리고… (말을 더듬으며) 저, 그게 다이옵니다.

사또

(노한 기색으로) 이런 불효막심한 자 같으니라고. 조상에 대
해 아는 게 옹송, 만송, 그것뿐이란 말이냐? (말장난하듯) 옹
송만송? 알송달송? 네가 진짜인지 알쏭달쏭하구나.

가짜
옹고집

하하하, 저놈이 가짜라서 그렇사옵니다. 제가 소상히 말씀드
리지요. 제 할아버지는 무관 출신으로 오위장 벼슬을 했사옵
니다. 아비는 좌수 벼슬을 했는데 마침 마을에 흉년이 들어
백성들이 굶주리자 이를 구제한 공으로 나라에서 상을 받았
사옵니다.

또 저희 집 재산을 말씀드리면 창고에 곡식이 이천백 석이
요, 마굿간에는 말이 여섯 필, 돼지 이십 마리에 닭이 육십 마
리이옵니다. 집 안의 세간살이는 장롱, 문갑, 화병, 병풍 등
없는 것이 없사오되, 모란을 그린 병풍 하나는 아들 혼인식
때 조금 손상되어 다락에 넣어 두었습니다. 또 비단이 열세
필, 모시가 스무 필, 무명이 사십 필 있사옵니다.

제가 아끼는 신발이 여섯 켤레인데 그중 하나는 쥐새끼가 앞부분을 조금 갉아먹어 신지 못하고 있사옵니다.

이 모든 걸 사또께서 확인해 보시고, 털끝만큼이라도 거짓이 있으면 곤장을 맞고 죽어도 좋사옵니다.

(자리에서 벌떡 일어서며) 옳거니, 찾았다! 확인해 볼 것도 없이 진짜 옹고집은 그대가 틀림없도다.

(큰절을 하며) 아이고, 고맙습니다. 사또 나리가 아니었으면 큰일날 뻔했습니다. 나리 덕분에 화를 면했으니 이 은혜 백골 난망이옵니다.

(울상이 되어) 억울하오, 사또! 진짜 옹고집은 나인데 어찌 몰라보신단 말이오?

허허, 이놈이 아직도 정신 못차리고 진짜라고 우기는구나. 네 이노~오옴! 네 죄를 네가 알렷다! 헛된 욕심을 품고 남의 재물을 탐했으니 너를 벌하여 세상 사람들에게 본보기로 삼으리라. (좌우 포졸을 둘러보며) 여봐라, 저놈을 잡아다 매우 쳐라!

예~이!

포졸1　포졸2

포졸 1과 포졸 2가 달려들어 옹고집을 묶어 바닥에 눕힌다.

그런 다음 양쪽에서 막대풍선으로 철썩철썩 곤장을 치는 시늉을 한다.

 (곤장을 내리칠 때마다) 아이고, 아이고! 나 죽네, 옹고집 죽네!

옹고집

 네 이놈, 아직도 네가 옹고집이라고 우길 테냐?

사또

 흑흑흑… 우기는 게 아니라 제가 진짜입니다요, 사또!

옹고집

 (노한 기색으로) 저, 저런 발칙한 놈! 아직 곤장이 덜 아픈 모양이로구나. 더욱 세게 쳐라!

사또

 (손에 침을 탁탁 뱉으면서) 거참, 어리석은 사람일세. 어서 가짜라고 실토하시오!

포졸1

 맞소. 차라리 실토하고 잘못을 빌면 매라도 덜 맞을 거 아니오?

포졸2

포졸들이 더 세게 곤장을 치는 시늉을 한다.

옹고집 아이고, 아이고, 사또 나리! 이놈이 죽을 죄를 졌사옵니다. 재물에 눈이 어두워 잠시 가짜 옹고집 흉내를 냈사옵니다. 이렇게 잘못을 빌 터이니 제발 너그러이 용서해 주시옵소서!

사또 흠… 이제야 바른말을 하는구나. 네 죄를 생각하면 더 큰 벌을 내려야 하겠으나 잘못을 뉘우치고 있으니 이쯤에서 용서하마. 여봐라, 저놈을 우리 고을 밖으로 내쫓아라!

포졸1과 2가 손발을 묶은 끈을 풀어 주고 무대 뒤로 쫓아낸다.
그와 동시에 주위에 둘러섰던 마누라, 며느리,
돌쇠 등이 가짜 옹고집에게 모여든다.

돌쇠 주인어른, 욕보셨습니다.

며느리 천만다행입니다, 아버님!

마누라

아이고, 여보… 영감! 그동안 얼마나 마음고생이 많으셨소. 죽은 사람이 다시 살아온 것처럼 반갑구려!

가짜
옹고집

나도 그렇소. 하마터면 그 가짜 놈에게 알뜰히 모은 재산도 빼앗기고, 마누라도 잃고, 자식과 며느리도 모두 잃을 뻔했소. 불행 중 다행으로 모든 게 해결되었으니 어서 집으로 돌아 갑시다!

가짜 옹고집이 덩실덩실 춤을 추며 퇴장을 한다.

나머지 배우들도 따라서 퇴장한다.

6장

거지 신세

배경_ 길거리

등장인물_ 인형, 옹고집, 백발도사

필요한 소품_ 지팡이, 두루마리 족자

인형이 등장해 관객 앞에 선다.

인형 어때, 친구들? 재밌지? 못된 옹고집이 벌을 받으니까 고소한 기분도 들고 말야.

이처럼 가짜 옹고집이 진짜 옹고집이 되고, 진짜 옹고집이 가짜 옹고집이 되어 한참의 세월이 흘러갔어. 가짜 옹고집은 고래등 같은 집에서 주인 행세를 하며 온갖 부귀영화를 누리고 살았지. 반면에 진짜 옹고집은 거지꼴을 하고 정처 없이 세상을 떠돌았어. 남의 집 밥을 빌어먹으며 온갖 설움과 고초를 다 겪었지. 그러면서 자신의 지난날을 반성하게 되었단다.

자, 그럼 옹고집이 결국 어떻게 되었는지, 마지막 이야기 속으로 들어가 볼까?

인형이 무대 뒤쪽을 향해 손을 쭉 뻗으며 퇴장한다.
손길을 따라 옹고집이 다 떨어진 의상을 걸친 채
지팡이에 의지하여 걸어 나온다. 초췌한 모습으로 비틀댄다.
무대 가운데 잠시 서 있다가 털썩 그 자리에 주저앉아
신세 한탄을 한다.

옹고집 아이고, 내 팔자야. 그 많던 재산도 잃고, 처자식도 빼앗기고, 이렇게 비렁뱅이 신세로 살아서 무엇할꼬. 차라리 산중의 호랑이 밥이나 되었으면 좋겠구나. (울부짖는 듯한 목소리로) 호랑아, 호랑아, 어디 있느냐? 나 좀 물어가 다오. 제발 나 좀 물어가 다오… 흑흑흑!

무대 한 편에서 백발도사의 맑고 청아한 목소리가 들린다.

아직 등장은 하지 않는다.

백발도사 목소리 (시조창을 하듯이 목청을 길게 뺀다.) 아, 생각할수록 후회막급이로다. 다시 세월을 되돌릴 수 있다면 새 사람이 될 텐데, 한 번 간 세월은 되돌릴 수 없구나. 스스로 지은 죄로 하늘의 벌을 받고 있으니, 누구를 탓하고 누구를 원망하리오?

옹고집 (고개를 번쩍 들고 좌우를 두리번거리며) 아니, 이건 마치 내 얘기를 하는 것 같구나.

백발도사가 무대 한 편에 살짝 모습을 드러낸다.

옹고집이 백발도사를 발견하고 달려가 넙죽 절을 한다.

옹고집

아이고, 도사님! 어찌 제 마음을 그리도 잘 아십니까? 이 죄 많은 몸을 구원하실 분은 도사님뿐이오니, 제발 좋은 가르침을 주시옵소서!

백발도사

천지간에 몹쓸 놈아, 가르침을 주기 전에 너의 악행을 먼저 깨달아야 하느니라. 앞으로 또 팔십 먹은 늙은 모친을 냉방에 재우며 구박하겠느냐? 동냥하러 온 스님이나 불쌍한 사람들을 괴롭히며 못살게 굴겠느냐?

옹고집

아닙니다, 도사님. 이놈의 죄를 생각하면 천만 번 죽어도 부족합니다만 한 번만 기회를 주십시오. 병들어 누운 모친을 잘 봉양하고, 어여쁜 처자식을 다시 볼 수 있도록 아량을 베풀어 주십시오. 죽을 때 죽더라도 그들을 다시 보고 죽는다면 여한이 없겠나이다.

백발도사

오냐, 좋다! 본래 너 같은 고약한 놈은 천벌을 받아 마땅하나 지난날을 깊이 뉘우치고 있어 특별히 용서하는 것이니, 돌아가거든 새 사람이 되어 착한 일만 하고 살아야 하느니라!

옹고집

(머리를 조아리며) 백번 지당하신 말씀이옵니다. 부디 저를 좋은 길로 인도해 주시옵소서!

백발도사가 손에 들고 있던
큰 두루마리 족자 부적을 옹고집에게 건넨다.

백발도사

자, 이걸 받아라. 이 부적을 가지고 너희 집으로 돌아가거라. 그러면 옛날의 옹고집으로 다시 살아갈 수 있을 것이니라.

옹고집이 고개를 땅에 박은 채 연신 고맙다며 절을 한다.
그사이에 백발도사가 무대 뒤로 사라진다.
고개를 든 옹고집이 도사를 찾는 시늉을 한다.

옹고집

(고개를 좌우로 돌리며) 응? 어디 갔지? 연기처럼 온데간데없이 사라졌구나! (부적을 들어보며) 그래, 이것만 있으면 다시 옛날의 옹고집으로 살아갈 수 있다 했으니 어서 집으로 돌아가자.

옹고집이 어깨춤을 추며 무대 뒤로 퇴장한다.

7장

새 사람이
되다

배경_ 옹고집의 집

등장인물_ 옹고집, 가짜 옹고집, 돌쇠, 어머니, 마누라, 며느리, 인형

필요한 소품_ 두루마리 족자, 빗자루, 물수건, 바느질거리, 비닐 옷(우비)

음향 효과_ 변신할 때 나올 음악

무대는 옹고집의 집 안 풍경을 연출한다.

돌쇠는 빗자루를 들고 마당을 쓰는 모습이고,

어머니는 물수건을 머리에 인 채 누워 있고,

마누라는 바느질을 하고, 며느리는 부엌일을 하고 있다.

이때 진짜 옹고집이 등장한다.

옹고집

돌쇠야, 이리 오너라!

돌쇠

엉? (깜짝 놀라며) 저, 저 가짜 놈이 또 왔네. 아이고, 마님! 마님!

마누라

웬 호들갑이냐? (옹고집을 보고) 에구머니나, 이를 어째… 저 몹쓸 놈이 또 찾아왔네. (뒤로 물러나며 무대 뒤쪽을 향해) 여보, 영감! 어서 나와 보시구랴.

가짜 옹고집이 뒷짐을 진 채 무대로 천천히 걸어 나온다.

가짜
옹고집

어허, 왜 이리 호들갑이오?

마누라 아이구, 영감! 크, 큰일났소. 그 못된 가짜 놈이 또 찾아왔구려!

가짜 옹고집이 어슬렁어슬렁 진짜 옹고집에게 다가간다.

가짜 옹고집 허허, 진짜 옹고집이 드디어 돌아왔구나!

옹고집 아니, 뭐? 진짜 옹고집? 어찌하여 나를 보고도 놀라지 않는 거냐?

가짜 옹고집 허허허, 네가 돌아오길 기다리고 있었다. 그래, 팔도 유람은 잘 다녀왔느냐? 유람을 다닌 소감은 어떠하냐?

옹고집 하하하, 거지꼴을 하고 팔도를 빌어먹고 다녔는데 어찌 유람이라 할 수 있겠느냐? 덕분에 그간 지은 죄를 반성하고 새사람이 되었으니 네놈에게 고맙다고 해야겠구나!

가짜 옹고집 오호라, 새사람이 되었다니 이제 내 역할은 모두 끝이 났구나. 내 본모습으로 돌아갈 때가 되었으니 어서 부적을 펼쳐 보이거라!

그래, 이제 네 본래 모습으로 돌아가라. 수리수리 마수리

옹고집 수수리 사바하… 얍!

옹고집이 커다란 두루마리 족자 부적을 펼친다.

가짜 옹고집이 부적 뒤에 몸을 가린 채 본래 입었던

비닐 옷(우비)을 재빨리 다시 입는다.

가짜 옹고집이 변신하는 동안 음악이 나온다.

가짜 옹고집이 뻣뻣한 허수아비 상태로 돌아가면

두루마리 부적을 원래대로 돌돌 만다.

돌쇠와 마누라, 며느리가 깜짝 놀라며 서로를 돌아본다.

 아이고, 이를 어쩌면 좋아. 옹고집 어른이 허수아비가 되었

돌쇠 습니다그려!

 헐, 이게 무슨 천재지변이람!

며느리

에구머니, 세상에… 괴이한 일도 다 많구나.

마누라

돌쇠

이제 보니, 저 가짜가 진짜 옹고집인가 봅니다요, 마님!

 마누라

글쎄다… 저 가짜가 진짜라면 가짜라고 부르면 안 되는 거 아니냐?

 돌쇠

아, 그러네요. 이제야 진짜와 가짜가 가려진 건가요?

 마누라

(어리둥절한 표정으로 옹고집에게 다가가) 에구, 이게 무슨 영문 인지 모르겠구려. 영감이 진짜 옹고집이 맞소?

 옹고집

여보, 마누라! 내가 진짜 옹고집이오.

 며느리

진짜 아버님이 맞는 거지요?

 옹고집

그래, 맞다! 돌쇠야, 일단 이 허수아비부터 치우거라!

 돌쇠

예~이!

돌쇠가 허수아비 옹고집을 뒤에서 번쩍 안아 들고 무대 뒤로 퇴장한다.
그사이 옹고집이 누워 있는 어머니에게 다가가 큰절을 넙죽 올린다.

옹고집

어머님, 그간 강녕하셨습니까?

어머니

에휴, 네가 어쩐 일이냐? 나한테 절을 올리며 문안 인사를
다 하는구나.

옹고집

어머님, 불효막심한 옹고집이 천벌을 받고 돌아와 새사람이
되었습니다. 앞으로 극진하게 모실 테니 그 동안의 잘못을
용서해 주십시오.

어머니

(손을 맞잡으며) 오호, 말이나 행동이나 이제 완전히 딴사람
이 되었구나. 오냐, 내 아들아. 잘 돌아왔다, 잘 돌아왔어! (어
머니가 자리에서 일어나며) 네가 새사람이 되었다니 내 병도
씻은 듯이 나은 것 같구나.

마누라

영감, 이게 대체 어찌 된 노릇이오? 난 뭐가 뭔지 도대체
모르겠소.

옹고집 방금 내가 말하는 거 듣지 않았소? 그동안 내가 불효를 저지르고 못된 짓을 일삼아 천벌을 받았던 거요. 허수아비 가짜 옹고집은 그래서 생겨났고, 이제 내가 새사람이 되었으니 가짜 옹고집이 본래 허수아비로 되돌아간 거라오.

마누라 그렇담 아까 그 허수아비가 가짜 옹고집으로 둔갑했던 것이구려. 그동안 내가 가짜 옹고집, 아니 그러니까 허수아비와 살았단 게요? 아이구, 그 몹쓸 요물 때문에 집안이 엉망진창이 되었구려.

옹고집 그렇지 않소, 마누라! 가짜 옹고집을 너무 욕하지 마시오. 나에게 큰 깨우침을 가져다준 고마운 존재요. 그가 아니었으면 난 여전히 고약하고 심술 사나운 옹고집으로 살았을 게 아니오? 그러니 가짜 옹고집이야말로 나를 새로 태어나게 만든 은인이오!

마누라 허걱, 말하는 걸 들으니 당신이 진짜 새사람이 되었구려. 이게 무슨 조화인지 알다가도 모르겠소. 이게 꿈인지 생시인지, 원!

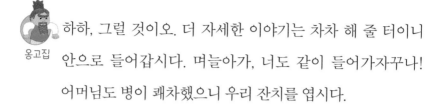

 옹고집 하하, 그럴 것이오. 더 자세한 이야기는 차차 해 줄 터이니 안으로 들어갑시다. 며늘아가, 너도 같이 들어가자꾸나! 어머님도 병이 쾌차했으니 우리 잔치를 엽시다.

며느리 좋아요, 좋아!

옹고집이 세 사람을 데리고 무대 뒤로 퇴장한다.

그와 동시에 인형이 등장한다.

퇴장하는 옹고집으로부터 두루마리 부적을 자연스레 건네받는다.

인형 (관객 앞에 서서) 잘 봤지, 친구들? 여러분 중에는 옹고집처럼 고약한 사람이 없을 거야, 그치? 옹고집은 자기와 똑 닮은 가짜 옹고집을 만나 악행을 일삼던 버릇을 완전히 고치고 새사람이 되었대.

그런데 말야. 가짜 옹고집을 허수아비로 만든 부적이 궁금 하지 않니? (손에 커다란 두루마리 부적을 들어 보이며) 자, 여기 부적에 뭐가 적혀 있는지 한번 볼까?

 관객들 (여기저기서) 좋아. 궁금해. 보여 줘!

두루마리 부적을 관객 앞에 펼쳐 내린다.

[착하게 살자]란 글씨가 세로로 적혀 있다.

인형

(부적의 글자를 가리키며 관객에게) 자, 친구들! 여기 적힌 글자를 또박또박 다 같이 읽어 볼까?

관객들
일동

착. 하. 게. 살. 자!

인형

그래, 맞아! 이후 옹고집은 고약하고 못된 성질을 버리고, 착한 사람이 되어 오래도록 잘 살았대. 자, 이것으로 오늘 연극은 끝이야. 재미있게 봤다면 박수… 짝짝짝! 친구들, 모두 안녕~!

관객들에게 박수를 유도하면서 연극의 막을 내린다.

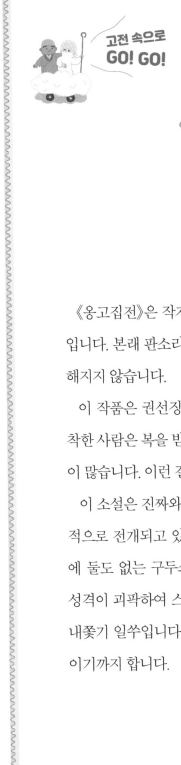

《옹고집전》작품 해설

　《옹고집전》은 작자나 연대를 알 수 없는 판소리 계열의 고전 소설입니다. 본래 판소리 열두 마당의 하나였다고 하는데 판소리로는 전해지지 않습니다.

　이 작품은 권선징악을 주제로 한 풍자 소설입니다. 옛이야기에는 착한 사람은 복을 받고 악한 사람은 벌을 받는다는 교훈이 깃든 작품이 많습니다. 이런 걸 권선징악이라고 합니다.

　이 소설은 진짜와 가짜의 두 옹고집 이야기가 아주 흥미롭고 해학적으로 전개되고 있습니다. 옹고집은 심술이 사납고 인색하여 천하에 둘도 없는 구두쇠입니다. 고집이 세서 남의 말을 듣지 않는데다 성격이 괴팍하여 스님이나 걸인이 찾아와 구걸을 하면 매질을 해서 내쫓기 일쑤입니다. 더구나 늙은 부모를 구박하고 홀대하는 불효자이기까지 합니다.

이를 보다 못해 월출봉 취암사의 도사가 옹고집을 혼내 주려고 허수아비로 가짜 옹고집을 만듭니다. 가짜 옹고집이 진짜 옹고집을 찾아가 서로 티격태격 다툰 끝에 결국 주인 행세를 하게 됩니다.

집에서 쫓겨난 진짜 옹고집은 갖은 고생을 하며 자신의 잘못을 깨우치고 뒤늦게 반성을 하게 됩니다. 이에 도사가 부적을 주어 진짜 옹고집을 집으로 돌려보내고 가짜 옹고집은 결국 본래의 모습인 허수아비로 돌아가게 만듭니다. 이를 계기로 옹고집은 마음을 고쳐먹고 착하게 살았다는 내용입니다.

이 소설은 민간 설화와도 관련이 깊습니다. 성격이 고약하기로 이름난 옹고집이 동냥 온 스님을 괄시하고 푸대접했다가 화를 입게 되었다는 내용은 민간 설화에서도 비슷한 이야기가 많이 전해지고 있습니다.

옹고집이란 인물의 성격은 놀부와도 유사합니다. 두 인물의 성격과 이야기 구조를 비교하면서 읽어 보면 더욱 재미있습니다. 두 인물 모두 심술궂고 인색하기 짝이 없으며, 윤리 도덕을 저버린 채 돈만 밝히는 인간입니다. 부모 형제에게까지 몰인정하게 굴어 세상 사람들로부터 미움을 받습니다. 이는 조선 후기 상업이 발달하면서 오로지 금전적 이해관계만을 추구하는 부류가 나타나자 여기에 대한 반감이 작품으로 반영된 결과라 할 수 있습니다.